Le Petit Volcan de Sam

Une Histoire sur la Gestion de la Colère

Green Fig

Écrit Par: Zeina El-Chaar

Illustré Par:

CHY Illustration & Design

Nom:

- -

Publisher: Green Fig
Pennsylvania, USA
www.gogreenfig.com

Green Fig

Chers parents,

Merci de choisir nos livres comme appui pour outiller vos enfants, passer du temps de qualité avec eux et leur enseigner de précieuses leçons qui, nous le souhaitons, les aideront tout au long de leur vie. Le petit volcan de Sam sert à démontrer aux enfants qu'ils vivent différentes émotions dans une même journée. Parmi celles-ci, l'émotion de la colère est souvent vécue avec intensité, comme étant une émotion difficile à gérer. Ce livre explique l'escalade de la colère et enseigne des stratégies pour la reconnaitre et la gérer, menant à des façons positives afin de la communiquer et de mettre en application la résolution de problème.

Les enfants démontrent souvent une grande difficulté à gérer leurs émotions. Ceci est particulièrement vrai vu leur maturité affective et cérébrale en plein développement, n'ayant pas encore acquis les habiletés pour se gérer et communiquer ce qu'ils vivent. Ainsi, les parents jouent un rôle crucial et important dans l'accompagnement et le soutien bienveillant donné aux enfants lorsque surviennent de fortes émotions. Ceci se fait en les écoutant, en les guidant et en leur permettant de mettre en application des moyens pour retrouver leur calme. Ces démarches leur permettront de développer les stratégies d'autocontrôle nécessaires en grandissant. Comme parents, nous avons un rôle essentiel en leur donnant le bon exemple, en démontrant que nous fournissons des efforts et que nous prenons la responsabilité pour nos actions. Nous espérons que nos livres vous accompagneront pour une vie plus harmonieuse et paisible dans vos maisons.

Conseil : utilisez la page « stratégies » pour avoir une discussion avec votre enfant concernant ses propres déclencheurs de colère, les signes ressentis dans son corps et les stratégies à appliquer à ce moment-là. Vous pouvez dessiner ses stratégies préférées et les afficher dans la maison, pour l'encourager à les utiliser lorsque nécessaire.

C'était une belle journée ensoleillée, la journée du 'Eid. Sam se réveille tôt, avec beaucoup d'énergie dans son corps, et beaucoup de joie dans son cœur. Il saute de son lit et court jusqu'à la chambre de sa mère. « Ça sera une journée magnifique maman! », s'exclame Sam.

« Je le sais », dit sa maman. « Je suis aussi très heureuse que ce soit la journée du 'Eid Sam. Allons-nous préparer ».

Sam suit alors sa mère pour terminer de se préparer.

Il prend une douche
rafraichissante,

brosse ses cheveux,

et brosse ses dents.

Ensuite, il met ses nouveaux habits que ses parents lui ont achetés pour l'occasion. Sam est très content et vit une grande joie.

« Ça sera une magnifique journée maman », il répète
encore alors qu'il se dépêche à mettre son manteau.
Sam est tellement pressé qu'il fait presque tomber une
lampe en mettant ses souliers.

« Calme-toi mon chéri! », dit sa mère. « Je sais que tu es impatient pour le 'Eid. Je suis aussi très heureuse, mais nous devons prendre une respiration et ralentir ».

« OK », dit Sam. « Mais est-ce qu'on peut aller chez grand-papa tout de suite après la prière? J'ai hâte de voir mon cadeau! ».

Sam est très heureux de pouvoir visiter ses grands-parents la journée de 'Eid. Parmi les différentes choses que font les musulmans durant cette journée spéciale, comme se laver et mettre du parfum, porter leurs plus beaux habits, et aller à la prière de Eid, ils vont aussi visiter leur famille. Sam sait que ses grands-parents donnent toujours des cadeaux et des jouets durant cette occasion spéciale.

« Oui mon beau garçon, nous allons visiter grand-papa dès que nous aurons terminé la prière. Tu dis 'Eid Moubarak, tu lui donnes les pâtisseries que nous avons faites, et ensuite, tu peux jouer avec ton nouveau jouet ».

Dès que la prière s'est terminée, Sam a salué avec patience plusieurs des personnes qui sont venues à la mosquée pour célébrer cette journée spéciale.

Ensuite, lui et sa mère se sont dirigés vers la maison de son grand-père.

Son grand-père l'accueille avec un grand câlin, et comme Sam s'y attendait, un beau cadeau l'attendait proche de la porte. Tous ses cousins étaient là aussi. Il y avait Adam, Salma et Daniel.

« 'Eid Moubarak grand-papa. Je suis très content de te voir. » dit Sam.

« 'Eid Moubarak à toi aussi Sam. J'ai un beau cadeau pour toi ».

« Merci, grand-papa », répond Sam, alors qu'il
commence aussitôt à ouvrir la grande boîte devant ses
cousins et sa famille. À sa grande surprise, c'était le
nouvel avion électronique qu'il voulait depuis très
longtemps. Ses yeux étaient grands ouverts et illuminés
de joie, et il avait un grand sourire sur son visage.

« WOW, c'est l'avion que je voulais depuis tellement
longtemps. Merci grand-papa! ».

« Tu es le bienvenu Sam. Maintenant, va et joue avec tes cousins à l'extérieur », dit son grand-père, alors que les adultes se dirigent vers la cuisine pour préparer un bon dîner.

À l'extérieur, Daniel, le cousin de Sam de cinq ans, regarde l'avion avec admiration. Il aurait vraiment voulu en avoir un pareil.

« Ça semble tellement beau.
Sam, je peux l'essayer? »,
demande Daniel. Tous les
enfants étaient maintenant dans
le jardin, jouant avec leurs
jouets. « Pas maintenant », dit
Sam. « C'est à moi, et je ne veux
pas que personne ne le touche ».

Pendant ce temps, Salma et Adam construisaient la piste de course qu'ils avaient reçue. « Sam, tu peux nous aider à terminer la piste de course ? », demande Salma de loin. Sam accepte, même s'il voulait vraiment jouer avec son avion. Il décide de laisser l'avion sur la table pour quelques minutes et rejoint ses cousins.

Tout à coup, pendant que Sam
aide ses cousins, il réalise que
Daniel joue avec son précieux
avion et essaye même de le
faire voler.

Au même moment, Sam ressent quelque chose d'étrange se passer dans son corps, comme si un petit volcan commence à s'allumer en lui. Il ressent son cœur battre très vite, et il respire plus rapidement. Il ressent aussi une vague de chaleur qui lui monte au visage, et il commence à devenir rouge. Sam devient très en colère.

Il court alors aussitôt vers son cousin.
Avec une grande force, Sam arrache
l'avion des mains de Daniel,

26

mais l'avion tombe alors par terre. « Je t'ai dit de ne pas le toucher! », il crie tellement fort que Salma arrive en courant, préoccupée.

« Qu'est-ce qui se passe, Sam? Pourquoi tu cries comme ça ? », elle demande. Juste en regardant son visage, elle pouvait dire que son cousin était très en colère. Il avait besoin de se calmer avant de dire ou faire quelque chose qu'il allait regretter.

« Viens avec moi, Sam », dit Salma sur un ton très calme. « Il y a de meilleures façons pour régler ce qui vient de se passer. Rappelle-toi Sam! Notre Prophète nous a enseigné à ne pas nous fâcher. C'est un conseil qu'il a répété trois fois à un compagnon qui lui a demandé pour un conseil. Comment est-ce que je peux t'aider à te calmer? Dis-moi ce qui s'est passé. », elle continua.

Sam écoute Salma attentivement. Il prend une grande respiration, mais il ressent encore la colère jusqu'à son ventre, comme si le volcan est encore très grand. Salma pouvait voir ceci, alors elle est rentrée dans la maison et lui a apporté un vers d'eau.

« Tiens, Sam. Assis-toi et bois de l'eau. Ça va t'aider. »
Salma continua : « Sais-tu quoi d'autre tu pourrais faire
lorsque tu es en colère ? Savais-tu que le Prophète a
dit, que lorsque tu es en colère et que tu es debout,
assied-toi? Et que tu devrais te coucher si tu es déjà
assis?

Sam fait alors ce que dit Salma, et s'assoit. Elle lui a donné un bon conseil. Il ressentait déjà le volcan devenir de plus en plus petit.

« Merci, Salma ». Je ne savais pas quoi faire. J'essayais de trouver quelque chose pour me calmer ».

« Oui, ça, c'est une bonne façon de se calmer. Il y a différentes choses que tu peux faire lorsque tu te sens en colère. Lorsque moi-même je suis fâchée, je ferme mes yeux et je pense à quelque chose d'amusant et qui me donne de la joie.

Je fais aussi mon wudu' ou je ne fais que laver mon visage. Faire du dhikr aide aussi, ou parler à quelqu'un qu'on aime ou en qui on a confiance ».

Sam écoute attentivement les conseils de Salma maintenant. Elle voulait vraiment l'aider, et il le savait. Lorsque Sam a terminé son verre d'eau, il ressentait que le volcan devenait encore plus petit. À présent, il était capable d'expliquer pourquoi il a réagi de la sorte avec son cousin.

Salma savait aussi qu'elle est en mesure d'aider son cousin encore plus.

« Je comprends Sam », elle poursuit. « On devient en colère lorsque les autres ne nous écoutent pas ou ne respectent pas nos limites. C'est normal de se sentir de la sorte, mais ne crois-tu pas que tu aurais pu réagir différemment, surtout parce que Daniel est si jeune? ».

«Oui, je le sais », dit Sam avec un gros soupire. «Je vais aller parler avec Daniel ».

Sam est à présent assez calme pour gérer la situation. Il dit à son cousin : « Daniel, j'étais en colère tout à l'heure parce que je t'avais demandé de ne pas toucher à mon avion, mais tu l'as fait quand même. Je n'aime pas ça du tout. »

« OK, Sam », répond Daniel. Il se sent aussi coupable de ce qu'il venait de faire. « Je m'excuse. Je voulais vraiment voir l'avion. Il est à toi, et je ne devais pas le toucher sans ta permission ».

Avec plus de calme, Sam continua : « Je suis désolé d'avoir crié sur toi. J'étais tellement en colère que j'ai failli casser mon propre cadeau. Je ne veux pas le prêter maintenant, pas avant de savoir comment l'utiliser moi-même. Joue avec tes jouets, et je te promets que plus tard tu pourras voir mon avion. »

Sam a appris une leçon importante cette journée-là. Salma lui a appris un hadith important sur comment gérer la colère et comment résoudre les conflits qui pourraient arriver plus tard, et tout au long de sa vie.

Il en avait encore beaucoup à apprendre sur lui-même et sur les différentes émotions qu'il a vécu tout au long de la journée, comme l'enthousiasme du début de la journée, la colère lorsque son cousin a touché son avion, la culpabilité suite à sa réaction avec son cousin, et la fierté pour avoir été capable de résoudre son conflit pacifiquement.

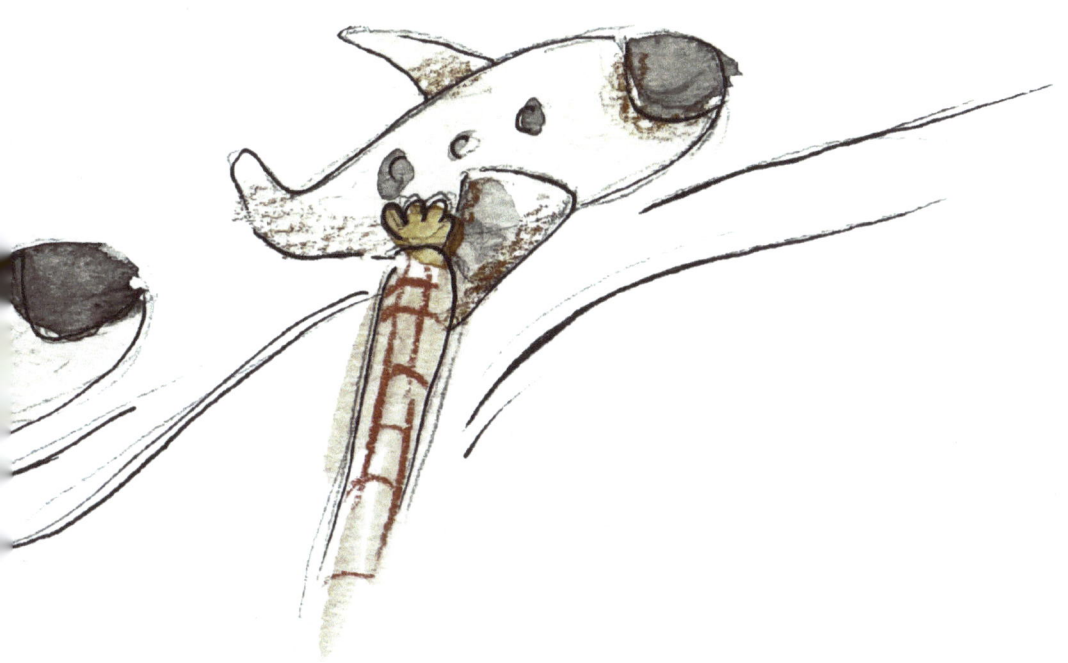

Pour le reste de la journée, Sam et ses cousins ont joué paisiblement avec leurs jouets.

La Page Des Stratégies:

Quels sont mes déclencheurs de colère?
Voici ma liste:

Les signes de la colère dans mon corps:
J'encercle les signes que je ressens lorsque je suis en colère.

- Mon cœur bat très vite.

- Ma respiration s'accélère.

- Mon visage devient rouge, et mes dents se serrent.

- Je fronce mes sourcils.

- J'ai de plus en plus chaud dans mon corps.

- Je ressens l'envie de crier.

- Je serre mes poings.

- Mon corps est très tendu.

Lorsque je ressens ces signes, je me rappelle que je dois appliquer une stratégie pour me calmer.
Les stratégies pour retrouver mon calme:

- Je reconnais les signes de la colère dans mon corps.

- Je m'écoute.

- Je prends des respirations lentes et profondes.

- Je lave mon visage avec de l'eau froide.

- Je fais mon wudu'.

- Je fais du dhikr.

- Je m'assois ou je me couche.

- Je parle à une personne que j'aime et en qui j'ai confiance.

- Je pense à de belles choses, qui me font du bien. Par exemple, un beau souvenir, ou je m'imagine dans mon endroit préféré.

- Je me force à penser à autre chose.

- Je dessine.

- Je lis.

Différents mots peuvent être utilisés pour exprimer sa colère:

Je suis fâché

je suis en colère

je suis très dérangé

je suis enragé

je suis frustré

Ce que je peux faire après m'être calmé:

- Je pense à ce qui s'est passé et ce qui m'a rendu en colère.

- Je parle à la personne et je m'explique.

- Je m'excuse si j'ai commis une erreur.

- Je pense à des manières plus positives d'exprimer mes émotions.

- Je cherche des solutions au problème vécu, avec l'aide de l'autre personne.

www.ingramcontent.com/pod-product-compliance
Lightning Source LLC
Chambersburg PA
CBHW042209170626
46815CB00011B/85